# VIAGEM AO CENTRO DA TERRA

# JÚLIO VERNE

ADAPTADO DE PENÉLOPE MARTINS

# VIAGEM AO CENTRO DA TERRA

Ilustrado
Júnior Caramez

Ciranda Cultural

Esta é uma publicação Principis, selo exclusivo da Ciranda Cultural
© 2024 Ciranda Cultural Editora e Distribuidora Ltda.

Traduzido do original em francês
Voyage au Centre de la Terre

Revisão
Fernanda R. Braga Simon

Texto
Júlio Verne

Produção editorial e projeto gráfico
Ciranda Cultural

Adaptação
Penélope Martins

Diagramação
Ana Dobón

Preparação
Luciana Garcia

Ilustrações
Júnior Caramez

**Dados Internacionais de Catalogação na Publicação (CIP) de acordo com ISBD**

| | |
|---|---|
| V531v | Verne, Júlio. |
| | Viagem ao centro da Terra / Júlio Verne ; adaptado por Penélope Martins ; ilustrado por Junior Caramez. - Jandira, SP : Principis, |
| | 64 p. ; il: 15,50cm x 22,60cm. - (Clássicos ilustrados). |
| | Título original: Voyage au centre de la terre |
| | ISBN: 978-65-261-1236-6 |
| | 1. Literatura francesa. 2. Viagem. 3. Ação e aventura. 4. Monstro. 5. Jornada. 6. Coragem. 7. Mistério. 8. Descoberta. I. Martins, Penélope. II. Caramez, Júnior. III. Título. IV. Série. |
| 2023-1782 | CDD 028.5 CDU 82-93 |

**Elaborada por Lucio Feitosa - CRB-8/8803**

**Índice para catálogo sistemático:**
1. Literatura francesa 028.5
2. Literatura francesa 82-93

1ª Edição
www.cirandacultural.com.br

# Sumário

# CAPÍTULO 1

# O excêntrico Lidenbrock

Otto Lidenbrock não era um homem mau, mas poderia ser descrito como alguém de estranho humor, principalmente quando se enrolava ao dizer palavras complicadas. Isso não acontecia por acaso: o professor ensinava em universidade alemã sua especialidade, mineralogia, e explicava coisas difíceis como as cristalizações romboédricas, os molibdatos de chumbo, nomes que fazem qualquer língua tropeçar.

Com seus instrumentos, era homem muito habilidoso, capaz de classificar os materiais sem hesitação mesmo que estivesse diante de uma entre seiscentas espécies.

No dia 24 de maio de 1863, o professor chegou mais cedo em casa. Passou pela governanta Martha e pediu que eu o seguisse até seu escritório.

Aprendi a me lançar desde cedo nas ciências geológicas por influência do meu tio. Apesar do seu modo um pouco bruto, naquela velha casa, no bairro de Hamburgo, éramos felizes.

O escritório era um verdadeiro museu, com todas as amostras do reino mineral: inflamáveis, metálicos e litoides. Além disso, Lidenbrock era bibliômano, colecionava livros, e esse era o motivo daquela conversa. Ele havia comprado um novo exemplar, *Heimskringla*, de Snorri Sturluson, o famoso autor islandês do século XII.

— Essa é a crônica dos príncipes noruegueses que reinaram na Islândia, Axel, um manuscrito rúnico! Essa escrita, segundo a tradição, foi inventada pelo próprio Odin!

Nesse momento, eu já estava prestes à me curvar diante dos deuses e reis, quando um inusitado pergaminho imundo escorregou do livro e caiu no chão.

— São rúnicos! O que será que isso significa?

Achei certa graça ao ver meu tio sem entender nada. Não que ele não fosse poliglota; conhecia boa parte das línguas. Sua irritação ficou notória quando a governanta abriu a porta do escritório e anunciou:

— A sopa está pronta!

— Para os diabos com a sopa! — exclamou meu tio.

Martha deu no pé, e eu, também. O professor não veio jantar. Eu comi tudo, da sopa aos camarões, enquanto meu tio examinava um papel velho.

Eu estava no último camarão quando fui arrancado da sala de jantar com a voz sonora do professor me chamando de volta ao escritório.

— Sente-se aí e escreva. Vou ditar cada letra correspondente de nosso alfabeto para as runas. Preste atenção!

Fiz o melhor que pude, letra após letra.

| | | |
|---|---|---|
| m.rnlls | esreuel | seecJde |
| sgtssmf | unteief | niedrke |
| kt,samn | atrateS | Saodrrn |

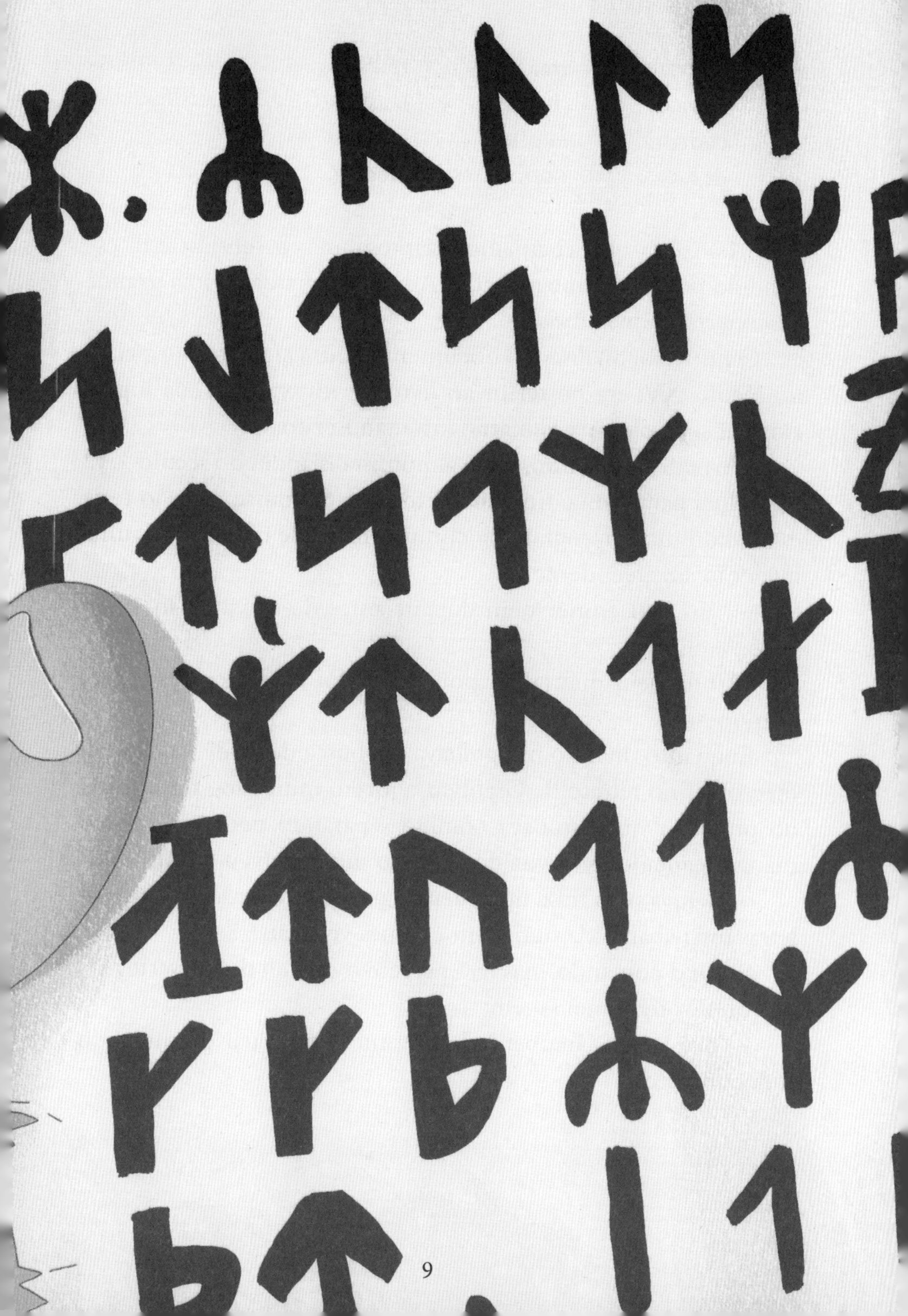

| | | |
|---|---|---|
| emtnael | nuaect | rrilSa |
| Atvaar | .nscrc | ieaabs |
| ccdrmi | eeutul | frantu |
| dt,iac | oseibo | KediiY |

– Isso é o que chamamos criptograma: o sentido está escondido nas letras embaralhadas. Aqui está guardada uma grande descoberta! – disse meu tio.

O professor analisava o documento: seus caracteres surgiriam no século XV; era posterior ao livro. Verificava com sua lupa a existência de alguma assinatura no manuscrito.

– Arne Saknussemm, sábio alquimista islandês do século XV!

Olhei para o meu tio com admiração. Saknussemm não teria escondido um criptograma incompreensível se não fosse alguma invenção surpreendente.

– Não vou comer nem dormir antes de adivinhá-lo. Nem você, Axel!

"Ainda bem que jantei por dois!", foi o que eu disse para mim mesmo.

Enquanto meu tio mergulhava em busca de evidências, perdi meu olhar no retrato de Grauben, a jovem mineralogista afilhada do professor que estudava comigo separando pedras com suas mãos encantadoras. A voz do meu tio me devolveu à realidade:

– Escreva uma frase qualquer no papel, Axel, mas disponha as letras uma abaixo da outra, em colunas verticais.

Segui o comando, mas não percebi o que eu tinha escrito até o professor ler a mensagem:

– Você ama a Grauben? Bom, vamos continuar examinando o documento.

# CAPÍTULO 2

# A revelação do manuscrito

O professor Lidenbrock não conseguiu chegar a uma conclusão e saiu pela rua apressado, sem dizer nada e sem jantar.

Martha retornou para a cozinha lamentando. Eu fiquei com vontade de sair e contar tudo para Grauben, mas isso seria impossível: o professor poderia precisar de mim a qualquer minuto.

Voltei a trabalhar classificando uma coleção de geoides silicíferos enquanto o meu pensamento se mantinha no tal manuscrito. Parecia que alguma catástrofe estava se aproximando. Observei as letras, tentando agrupá-las de outra maneira. Surgiam palavras latinas: *rota*, *mutabile* e, na quarta linha, *luco*, que poderia ser traduzida como "bosque sagrado". Com a cabeça fervilhando, abanei-me com o papel, vendo frente e verso no movimento, e qual foi a minha surpresa ao ver surgir as palavras latinas *craterem* e *terrestre*!

Eu havia descoberto a regra do jogo. A revelação era tão perigosa que me dirigi para o fogo da lareira, a fim de queimar o manuscrito antes que meu tio soubesse de seu conteúdo e nos colocasse em risco nessa viagem absurda. A porta do escritório se abriu no instante em que eu me aproximava das brasas. Só tive tempo de colocar o manuscrito de volta sobre a mesa.

O professor Lidenbrock voltara absorvido em pensamentos depois da caminhada. Por horas ele trabalhava sem levantar a cabeça.

O tempo passava, eu sabia que existiam milhões de combinações para as letras, e isso me deixava tranquilo para manter o meu tio afastado daquela temerosa expedição. Adormeci, e, quando acordei no dia seguinte, o professor continuava incansável.

Horas depois, Martha quis sair para o mercado e encontrou a porta trancada. Meu tio certamente estava com a chave. Será que ele nos manteria presos e com fome? Por volta do meio-dia, a fome me cutucou. Às duas horas da tarde, decidi contar tudo o que sabia.

— Tio Lidenbrock, a chave é o acaso... — disse, mostrando-lhe a folha de papel. — Leia pelo fim, não pelo começo...

Com a voz comovida, meu tio leu o documento inteiro.

*Desce na cratera do Sneffels Yocul que a sombra do*
*Scartaris vem roçar antes das calendas de julho,*
*viajante audacioso, e tu chegarás ao centro da Terra.*
*Foi o que fiz. Arne Saknussemm.*

Meu tio deu um pulo com impressionante alegria.

—Vamos jantar, e depois você vai fazer a minha mala, Axel. E a sua, também!

Com essas palavras, um arrepio percorreu o meu corpo. Ir ao centro da Terra? Que loucura!

Durante o jantar, meu tio fazia piadas inocentes. Acabamos a sobremesa e voltamos para o escritório.

— Axel, você é um rapaz engenhoso. Eu ia abandonar as tentativas. Por enquanto lhe recomendo sigilo, entende? Não faltam invejosos no mundo dos sábios.

— O senhor acha mesmo que muitos se arriscariam?

— Claro! Um exército de geólogos!

— Eu não estou convencido da autenticidade do documento. Será que esse Saknussemm cumpriu mesmo essa viagem?

O professor pediu que eu buscasse um mapa da Islândia recém-enviado por um amigo da Lípsia. Analisamos o mapa, reconhecendo os vulcões identificados com o nome de Yocul, palavra que significa "geleira" em islandês. Meu tio apontou para uma espécie de península, um monte que parecia brotar do mar.

— Esse é o Sneffels. Quinhentos metros de altura. A montanha mais famosa do mundo, caso sua cratera dê no centro do globo.

— Tio, isso seria impossível! Lavas e rochas escaldantes...

— Ora, Axel, e se for uma cratera inativa? O Sneffels teve uma erupção em 1219.

Perguntei o que significava a palavra Scartaris e as calendas de julho na mensagem. O professor me respondeu que o sábio islandês indicou que, por volta dos últimos dias de junho ou primeiros dias de julho, um dos picos da montanha, a Scartaris, projetava sua sombra até a abertura da cratera. Decididamente, meu tio tinha resposta para tudo.

— No raio de seis mil quilômetros, a temperatura ultrapassa duzentos mil graus. Nem os metais mais duros resistem a tal calor.

— Então é o calor que assusta você, Axel? Nem você nem ninguém sabe com certeza o que se passa no interior do globo. Uma teoria científica é destruída por uma nova teoria científica.

Argumentei citando sábios e cálculos numéricos. O professor rebatia trazendo outras afirmações que confirmavam a possibilidade da viagem, e, quando percebi, eu já estava concordando:

— Seja lá como for, veremos!

Assim terminou nossa reunião. Saí pelas ruas de Hamburgo para me recuperar.

— Grauben! — gritei ao vê-la de longe.

Em dois segundos de conversa, ela ficou em silêncio. Não consegui conter o segredo. A mão dela tremia junto da minha.

—Vai ser uma bela viagem, Axel, digna do sobrinho de um sábio.

Voltamos juntos para casa. O meu tio estava entre a tropa de carregadores que descarregavam mercadorias na rua.

— Sua mala não está pronta, Axel? — exclamou meu tio assim que me viu.

Corri para o meu quartinho. Não havia mais do que duvidar. Meu tio acabara de passar a tarde providenciando os objetos necessários. Grauben me acalmava depois de sua conversa com o professor, seu tutor, e na opinião dela teríamos sucesso.

Na manhã da partida, uma carruagem nos esperava à porta de casa.

# CAPÍTULO 3

# Seguindo viagem

A carruagem parou diante da estação de trem. Os numerosos pacotes foram transportados para o vagão de bagagens, e ocupamos nossos lugares.

Meu tio levava um documento assinado pelo seu amigo e cônsul de Hamburgo, o que bastaria para obtermos recomendações do governador da Islândia.

Três horas depois, o trem já parava em Quiel, a dois passos do mar. O barco a vapor partiu conosco ao anoitecer. Seguíamos pelas águas sombrias do Grand Belt. Pela manhã, desembarcamos em Korsor, pequena cidade da Zelândia. De lá, uma nova estrada de ferro nos levaria para a Holsácia.

Faltavam três horas para alcançarmos a capital da Dinamarca, e meu tio não havia pregado o olho, tamanha era sua impaciência. Quando avistou o mar, enfim exclamou:

– O Sund!

Finalmente, às dez da manhã, nós nos instalamos em Copenhague. O professor poliglota interrogou o porteiro do hotel em dinamarquês sobre a localização do Museu das Antiguidades do Norte.

O diretor do estabelecimento era o professor Thomson, e ele nos recebeu muito bem, colocando-se à nossa disposição. O segredo sobre a nossa viagem não foi revelado; estaríamos na Islândia apenas como desinteressados. O senhor Thomson nos ajudou a conseguir um meio de transporte que nos levaria rumo a Reykjavik. Embarcaríamos na terça-feira, às sete horas da manhã.

Naquela noite, eu e meu tio jantamos no restaurante francês e passeamos pelos arredores. O professor não se impressionava com a cidade até avistarmos um campanário situado na ilha de Amak. Em poucos instantes, estávamos subindo os inúmeros degraus, e eu já sentia a vertigem, temendo não conseguir chegar ao sino no alto da torre.

– Você é medroso, por acaso? Suba! É preciso ter aulas de abismo! – disse o professor.

Com dificuldade, percorri a escadaria. Lá do alto, vi as nuvens sobre a minha cabeça e a bruma do leste ondulando a costa da Suécia.

– Amanhã recomeçamos – disse o professor.

Durante cinco dias ele me levou para esse exercício, até chegar o momento de embarcarmos para Reykjavik.

O senhor Thomson nos ofertou uma carta de recomendação para o conde Trampe, governador da Islândia, e para o senhor Finsen, prefeito de Reykjavik. Partimos a bordo do *Valkyria*, um ótimo veleiro que transportava de tudo, de utensílios domésticos a cargas de lã e trigo.

A travessia demoraria por volta de dez dias, segundo o capitão. Dois dias depois, tomávamos conhecimento do litoral da Escócia, e então o *Valkyria* se dirigiu às Ilhas Faroé. Logo nossa escuna foi atingida pelas ondas do Atlântico. No dia 3, o capitão reconheceu Mykines e rumou à costa meridional da Islândia.

A travessia não ofereceu nenhum incidente notável, e eu suportei bem a viagem, ao contrário do meu tio, e para sua vergonha, pois ele não parou de ficar enjoado. Por isso, o professor não pôde conversar com o capitão sobre algumas questões do Sneffels, as possibilidades de comunicação e de transporte.

No dia 11, localizamos o Cabo Portland, e a escuna era acompanhada por uma verdadeira "tropa" de baleias e tubarões. O mar, muito agitado, impedia-nos de subir ao convés. Quarenta e oito horas depois, saindo de uma tempestade, o *Valkyria* ancorava em Reykjavik.

– O Sneffels! O Sneffels! – o professor Lidenbrock exclamava.

E finalmente pisávamos em solo islandês.

# CAPÍTULO 4

# A Islândia

O governador e o prefeito receberam-nos muito bem, junto com o senhor Fridriksson, professor de ciências naturais na faculdade de Reykjavik, que nos recebeu em sua casa. Era um homem encantador que falava apenas islandês e latim, felizmente, porque assim poderíamos nos comunicar.

– Já fizemos o mais difícil – disse-me o professor.

Eu não compreendi. Teríamos de subir a montanha e depois descer e subir de novo. Mas parecia que o meu tio não estava nem um pouco preocupado com isso. Ele se deslocou para a biblioteca, na esperança de encontrar manuscritos de Saknussemm, enquanto eu me lancei em um passeio pela cidade.

Não demorei muito para conhecer todo o lugar, apenas duas ruas principais, a casa modesta do governador e a igreja, tudo construído com pedras calcinadas extraídas dos vulcões. O aspecto era triste, sem árvores, apenas o verde das cabanas islandesas, com seus telhados gramados, que pareciam nascidas do chão. Encontrei poucos habitantes; a maior parte da população eu vi ocupada em secar o bacalhau, todos vestidos com roupas de lã, chapéus, gorros.

Quando retornei para a casa do professor Fridriksson, o jantar já estava pronto. Nosso anfitrião perguntou sobre a ida do meu tio à biblioteca e ficou espantado com os comentários do professor Lidenbrock sobre o deserto das prateleiras.

— Aqui temos apreço pelo conhecimento; os livros não ficam nas prateleiras: eles circulam pelas casas dos camponeses. Podemos tentar localizar o livro que deseja.

Depois de refletir, meu tio decidiu falar:

— Quero saber das obras antigas de Arne Saknussemm.

— Arne Saknussemm foi acusado de heresia, e em 1573 suas obras foram queimadas em Copenhague.

— Agora tudo está explicado! Por isso ele teve de ocultar seu grande segredo!

— Como assim? Qual segredo?

Meu tio ficou trêmulo, tentando disfarçar. Nosso anfitrião não insistiu, para não ser indelicado, e seguiu suas observações sobre as pesquisas de cientistas na região.

— Muitos sábios já passaram por aqui, mas acredito que ainda exista muito para descobrir. O senhor está vendo aquele monte que se eleva no horizonte? É o Sneffels; sua cratera é raramente visitada.

Eu mal podia segurar minha seriedade ao ver o meu tio conter sua satisfação. O senhor Fridriksson recomendou um guia de confiança que falava perfeitamente dinamarquês.

Na manhã seguinte, acordei com a conversa entre meu tio e um homem de grande estatura, calmo, de poucos gestos. Esse homem se chamava Hans Bjelke e seria nosso guia.

A viagem até o Sneffels era longa e de difícil percurso, em torno de sete ou oito dias.

Começamos a verificar os equipamentos: termômetro, manômetro, cronômetro, bússolas, luneta de visão noturna, dois aparelhos de Ruhmkorff, que forneceriam luz portátil, picaretas, enxadas, martelo, bastões de caminhada, sapatos emborrachados.

Tínhamos alimentos para seis meses e medicamentos. Além disso, levávamos armas, o que me parecia desnecessário, pois não era provável encontrarmos animais selvagens naquele lugar.

Às cinco horas da manhã do dia 16, acordei com o relincho dos cavalos. O senhor Fridriksson ofereceu um mapa para o meu tio e me disse em velho e bom latim: *Et quacunque viam dederit fortuna sequamur*. Os versos do poeta Virgílio pareciam ter sido escritos para nós, viajantes: "Qualquer que seja o caminho indicado pela fortuna, sigamos".

# CAPÍTULO 5

## Partida para Sneffels

Percorrer um país desconhecido a cavalo me deixou feliz: sentia a liberdade da excursão. Comecei a aproveitar a viagem, afinal aquela hipótese de descer ao centro da Terra era evidentemente absurda, e Saknussemm não devia ter feito nada daquilo.

Às margens do golfo, meu tio ficou furioso com o cavalo, que se recusava a ultrapassar a água. Calmamente, o guia apontou para uma balsa.

A casa de camponeses nos foi oferecida como abrigo. O ambiente tinha forte odor de peixe seco, carne marinada e leite azedo. Junto com o casal, moravam seus dezenove filhos.

A todo momento uma cabeça loira passava por nós. Eles repetiam *saellvertu*, uma saudação islandesa que significa "seja feliz". Hans cumprimentou a todos, e nos sentamos para a refeição, a começar por uma sopa de liquens muito desagradável. Com muita fome, eu comi tudo.

Na manhã seguinte, seguimos viagem na paisagem cada vez mais deserta. No dia 19 de junho, pisávamos um solo de lava enrugada. O duplo cume do Sneffels estava bem ali, a menos de dez mil metros.

Depois de horas de caminhada, paramos em Stapi, um vilarejo cercado por rochas basálticas e pilastras eretas formando meia abóboda acima do mar com enorme beleza.

Hans contratou o serviço de três islandeses para ajudar a transportar a nossa bagagem ao fundo da cratera, mas, daquele ponto em diante, estaríamos abandonados à nossa própria sorte.

Eu estava preocupado com a expedição, afinal o vulcão poderia nos recepcionar com uma erupção, e isso seria brutal. Aproximei-me do meu tio para dividir algumas questões.

— Axel, eu pesquisei, estudei o solo, e agora posso lhe dizer que não haverá erupção. Venha comigo, que vou lhe mostrar.

Ultrapassamos a muralha basáltica e avistamos vapores brancos saindo do solo.

— Quando uma erupção se aproxima, esses vapores redobram e depois desaparecem, anunciando a formação do fenômeno. Portanto, se esses vapores se mantêm como de costume, a energia deles não está crescendo.

Fiquei de cabeça baixa... Minha esperança era chegar ao fundo da cratera e não ter para onde ir.

No dia 23 de junho, Hans nos esperava com seus companheiros.

O Sneffels nos aguardava com mil e quinhentos metros de altura e seu duplo cone, que não era avistado do ponto de partida.

Marchávamos em fila, e qualquer conversa era praticamente impossível. As curiosidades mineralógicas tomavam a minha mente. Era evidente que o lugar tinha origem na ação de fogos subterrâneos e que, e a qualquer momento, tudo poderia ir pelos ares.

O caminho ficava cada vez mais difícil: o solo se inclinava, os fragmentos de rocha se soltavam, e era preciso ter atenção para evitar quedas perigosas.

Hans avançava tranquilamente, como se estivesse em terreno uniforme. Três horas de cansativa caminhada haviam nos conduzido apenas até a base da montanha. Paramos para descansar e compartilhar um almoço. Em seguida, começávamos a escalada.

Meu tio não me perdia de vista. No meio do vasto tapete de neve surgiu uma espécie de escada, facilitando a nossa subida. Às sete horas da noite, dominávamos uma protuberância da montanha, e o mar se estendia a uma distância de quase mil metros. Fazia um frio violento, e minhas pernas já não suportavam.

Meu tio solicitou a Hans uma parada, mas o nosso guia respondeu em islandês com tanta veemência que até mesmo eu entendi que deveríamos nos apressar. Felizmente, estávamos na encosta oposta quando o vento fez tremer a montanha, arrastando as pedras em forma de chuva.

# Capítulo 6

## A expedição na cratera

Acordamos meio congelados, mas com raios de um belo sol. Saí da minha cama de granito para apreciar o espetáculo: eu ocupava o topo de um dos picos do Sneffels, o Scartaris! Por instantes, eu esquecia quem era para viver a vida dos elfos e outros seres mitológicos nórdicos.

– A Groenlândia – disse meu tio, apontando na direção oeste.

Seguimos a expedição para descer a cratera, um cone invertido que me fazia imaginar um funil repleto de chamas no fundo. Mas eu não queria recuar. Caminhávamos em meios às rochas eruptivas, algumas das quais se soltavam em direção ao abismo.

No fundo da cratera abriam-se três chaminés, cada uma com mais ou menos trinta metros de diâmetro. Não tive forças para olhar dentro. O professor Lidenbrock examinou cada uma delas e de repente deu um grito:

– Axel, Axel! Venha!

Compartilhando sua euforia, li no bloco os caracteres rúnicos meio corroídos pelo tempo, a assinatura de Arne Saknussemm.

# ᚺᚱᛁᛗ ᛋᚠ ᛁᚾᛚᚢᚢᛗᛈᛈ

Meu tio parecia ter razão. Era verdade, e eu não sabia o que dizer. Apenas me recolhi e adormeci a primeira noite no fundo da cratera.

No dia seguinte, o céu nebuloso escondia o sol, e meu tio despejava toda sua cólera. Era preciso que o sol incidisse sobre o Scartaris como se fosse o ponteiro de um relógio para nos mostrar o caminho para o centro do globo. Estávamos no dia 25 de junho, e, se o céu ficasse encoberto, teríamos de adiar a expedição para o outro ano.

Hans não saía de seu lugar; no entanto, devia estar se perguntando o que nós esperávamos. Meu tio só olhava para o céu.

No dia 26, nada ainda. Uma chuva misturada com neve caiu o dia todo. Hans construiu uma cabana com pedaços de lava. Meu tio estava irritado com a possibilidade de perdermos todos os esforços.

O sol verteu seus raios no domingo do dia 28: cada montículo, cada rocha, cada pedra pôde se beneficiar da sua luz. Ao meio-dia, a sombra do Scartaris apontou para a chaminé central, e eu e o professor finalmente poderíamos seguir o caminho para o centro da Terra.

Hans apenas se levantou e seguiu em frente. Diante da tranquilidade do nosso guia, não pude argumentar nada com o meu tio. Tive vergonha de recuar e fiquei calado. Para controlar meus nervos, eu pensava em Grauben.

A verdadeira viagem estava começando.

# CAPÍTULO 7

# A descida pelo abismo

Eu estava quase caindo. Uma mão me segurou. Era a de Hans. Decididamente, eu não havia tido "lições de abismo" o bastante.

As paredes do lugar apresentavam várias saliências que deveriam facilitar a descida. Mas, se aquilo era uma escada, faltava-lhe um corrimão. Meu tio resolveu o problema amarrando uma corda em torno de um bloco de lava sobressalente, assim poderíamos descer para o infinito.

Nas costas levávamos as bagagens delicadas, ao contrário do pacote de roupas, que meu tio simplesmente atirou no fundo do abismo.

Depois de meia hora, chegamos à superfície de uma rocha firmemente presa na parede da chaminé.

Avançamos, e eu não podia pensar em nada além de manter os meus pés firmes. Eu mantinha silêncio. Por outro lado, o professor observava o lugar e comentava sua teoria, repudiando o calor no centro do globo. "Veremos!", repetia ele.

As pedras desprendidas continuavam descendo, mas agora pareciam encontrar um fundo. Pelos meus cálculos, estávamos à profundidade de oitocentos e quarenta metros.

– Chegamos ao fundo da chaminé perpendicular! – disse meu tio.

Então havia outra saída... Teríamos de descansar ali, cear e dormir. Deitado, vi um ponto brilhante na extremidade desse tubo, que se transformara numa gigante luneta. Devia ser a Beta da Ursa Maior.

Caí em sono profundo.

Às oito horas da manhã, um raio de sol veio nos acordar. A luz era forte o suficiente para nos fazer distinguir os objetos.

Meu tio conversava comigo sobre a calma que estávamos desfrutando. Eu estava assustado, e ele, vendo meu olhar de preocupação, apenas aconselhou:

– Se você está assustado agora, imagine nas entranhas da Terra. Este longo tubo termina no nível do mar; consulte o barômetro; ainda estamos sob a pressão da atmosfera. Nós vamos descer muito mais.

O pacote de roupa tinha ficado preso trinta metros acima de nossa cabeça. Hans agilmente escalou a rocha para recuperá-lo. Fizemos uma refeição com biscoito e carne-seca. Meu tio anotou observações em sua caderneta de bolso.

– Bom, Axel, agora a nossa viagem de fato começa.

Com o aparelho de Ruhmkorff preso ao pescoço, meu tio segurou a serpentina da lanterna, e tínhamos o caminho iluminado na galeria.

– Em frente! – disse meu tio.

Avistei pela última vez o céu da Islândia.

Na erupção de 1219, a lava abrira uma passagem por esse túnel. A luz elétrica mostrava aquela camada espessa e brilhante.

A dificuldade era não escorregar.

A lava apresentava alguns cristais ornamentados com gotas de vidro como se fossem lustres acendendo à nossa passagem. Era magnífico. Eu estava entrando no espírito da aventura.

A bússola apontava a direção sudeste sem nenhuma alteração. Duas horas depois da nossa partida, a temperatura apresentava apenas um aumento de 4°C, e isso me fazia crer que a descida era mais horizontal do que vertical.

À noite, com as lâmpadas presas em uma saliência da lava, estávamos em uma espécie de caverna, mas não nos faltava ar. Pelo contrário, sentíamos uma certa brisa. Até aquele momento não encontramos nenhuma fonte de água, e os nossos cantis estavam pela metade. Meu tio garantia que logo apareceria água. Eu duvidava, mas os cálculos dele me surpreendiam, e contra os números não existia argumento: tínhamos ultrapassado mil e oitocentos metros – as maiores profundidades alcançadas pelo homem. A temperatura deveria estar em cento e oitenta graus naquele lugar, mas não passava de quinze.

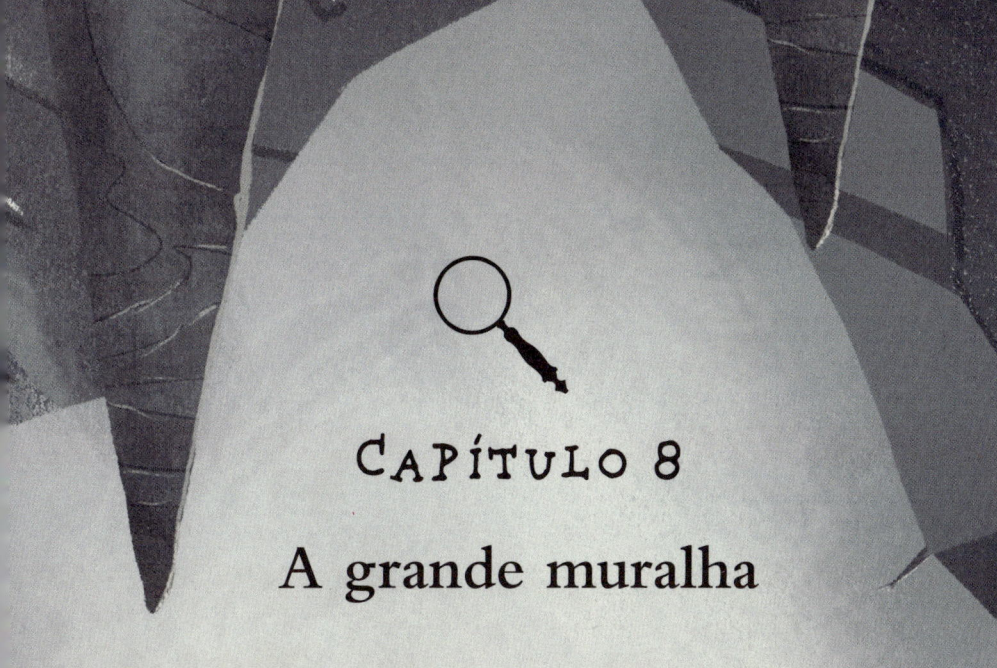

# CAPÍTULO 8

# A grande muralha

Continuamos a descida até alcançar o ponto de um cruzamento. Meu tio não hesitou, escolheu o túnel do leste, e nos embrenhamos. Era preciso entregar-se à sorte.

Uma sucessão de arcos se apresentava no caminho, parecia uma catedral gótica. Em outros pontos, rastejávamos por túneis como castores.

Eu imaginava o fogo do vulcão, mas o calor se mantinha normal. Depois de dez quilômetros, meu tio fez sinal para uma pausa, e não havia nada para tumultuar o nosso descanso naquela solidão absoluta.

No dia seguinte, retomamos a caminhada, e percebi que subíamos, ao invés de descer. Meu tio se negou a concordar com minha observação. Eu não me importei, pelo menos voltaríamos à superfície, e eu poderia rever minha amada Grauben.

O maior perigo era a falta de água; teríamos de economizar. Nossa reserva não duraria por três dias.

A luz elétrica fazia brilhar os xistos, os calcários, os velhos arenitos vermelhos das paredes. Espécimes de mármores magníficos cobriam as muralhas com tons de cinza e amarelo, rajados em cores escuras. As pedras mostravam vestígios de animais primitivos.

Era evidente que subíamos, mas o professor Lidenbrock esperava encontrar um poço no caminho para voltarmos a descer ou uma parede que nos impedisse de seguir. A nossa água terminara, e a luz artificial estava perdendo o brilho. Foi quando encontramos uma mina de carvão.

Fizemos uma refeição antes de continuar nossa busca. Meus companheiros adormeceram. Quanto a mim, fiquei contando as horas para o amanhecer.

A mina não parecia escavada por mãos humanas. Mantinha-se sustentada por um milagre. As camadas de carvão estavam separadas por arenito e argila. Eu investigava a geologia do lugar quando nos deparamos com o muro que encerrava nossa expedição.

– Melhor assim. Agora sabemos que é preciso retornar para tomar o outro caminho da bifurcação.

– Isso se tivermos forças, professor. E água – eu respondi.

– E coragem, Axel?

Não ousei continuar a conversa com o meu tio.

No dia seguinte, partimos. Estávamos há cinco dias da bifurcação. Hans suportava tudo com calma, meu tio, com raiva, e eu, com desespero.

Assim como o previsto, a água acabou ao final do primeiro dia de caminhada. Só nos sobrava o licor, que queimava a garganta. Chegamos meio-mortos ao ponto de intersecção das duas galerias, e eu me estendi no chão de lava. Nesse momento, meu tio me segurou em seus braços e derramou na minha boca a última gota do seu cantil, e eu consegui recuperar as minhas forças.

Eu quis voltar à superfície, mas meu tio se recusava terminantemente, falando com extrema agitação:

– Vá, Axel, e leve Hans com você. Eu vou até o fim!

Tentei me comunicar com Hans, mas não falávamos a mesma língua. O professor tentou me acalmar, dizendo que o outro túnel indicava maciço granítico, o que significava existência de fontes abundantes de água, e que deveríamos tentar por apenas mais um dia.

– Pois bem! O senhor tem mais algumas horas para tentar a sorte! – exclamei.

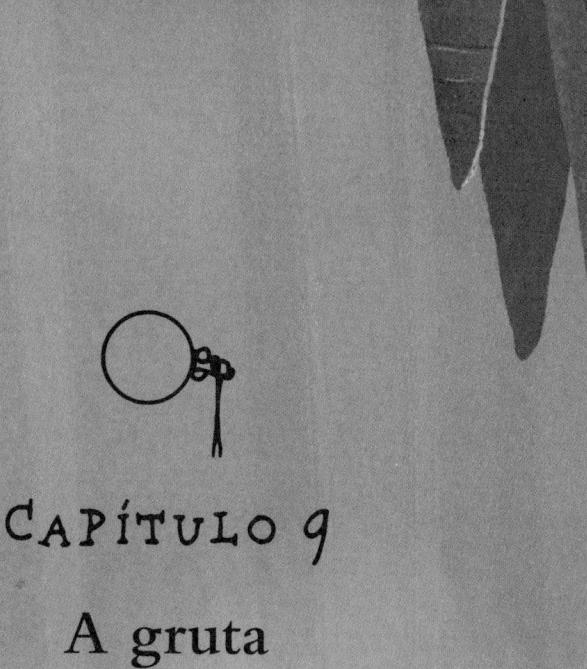

# CAPÍTULO 9

# A gruta

Nos primeiros dias do mundo, quando a Terra pouco a pouco se resfriou, os deslocamentos produziram rachaduras enormes. O corredor que seguíamos desta vez era uma dessas fendas.

À medida que descíamos, as camadas mostravam o quão primitivo era o lugar: xistos, gnaisses, micaxistos... Nunca um mineralogista havia estado naquelas condições de estudar essas maravilhas. Por outro lado, a falta de água pesava sobre nosso corpo e arrancava nossas forças.

No meio da noite, pensei ver o islandês partir com uma lanterna. Ele estaria nos abandonando? Eu não conseguia reunir fôlego para gritar. Mas, ao invés de subir, Hans estava descendo pela galeria. Estaria ele procurando alguma coisa de que eu não soubesse?

Quando Hans reapareceu, compreendi o que se passava.

– *Vatten*!

Ele estava nos avisando sobre a descoberta de água. Descemos por uma hora até começarmos a escutar o barulho do que parecia ser uma torrente, um rio subterrâneo. O som já me refrescava. Porém, o murmúrio das águas diminuía a cada passo que dávamos, e ainda não havíamos encontrado água.

Paramos e ficamos escutando a água por trás da parede. Hans pareceu sorrir com o olhar. Bastava um golpe de picareta.

Durante uma hora, com sua habitual calma, Hans martelou o ponto exato até que o líquido jorrasse e o islandês soltasse um grito de dor. A água estava fervente.

Quando um riacho se formou no corredor, tomamos a água resfriada. Uma água ferrosa, pouco agradável de tomar em outras condições, mas revigorante para a sede que tínhamos. Enchemos os cantis e deixamos a água correr, guiando nosso caminho – assim não nos faltaria mais o que beber. Batizamos o riacho de Hansbach.

No dia seguinte, acordamos prontos para descer e descer por aquele corredor de granito que formava labirintos. Meu tio consultava a bússola durante toda a viagem. Pelos nossos cálculos, no dia 10 de julho estaríamos a uma profundidade de doze quilômetros. Foi então que se abriu um poço assustador aos nossos pés.

– Este vai nos levar longe! – batia palmas meu tio.

Hans ajeitou as cordas para prevenir acidentes, e a descida começou numa espécie de escada de caracol que parecia ter sido esculpida por mãos humanas.

Não preciso dizer que, nessa altura, o Hansbach corria como uma cascata sobre nós, apesar do seu pouco volume. Percorremos aquela espiral por dias e, finalmente, no dia 15 de julho, estávamos trinta e cinco metros abaixo da terra, a mais ou menos duzentos e quarenta do Sneffels.

Nossa saúde estava intacta, e nossa farmácia, também, apesar do cansaço.

Meu tio anotava as medições em sua caderneta. Com o compasso e medições sobre o mapa, concluí que já não estávamos na Islândia.

— Ultrapassamos o Cabo Portland, professor. O oceano está sobre nós.

Aquilo era muito estranho para mim, e parecia natural para o meu tio. Quatro dias mais tarde, no sábado à noite, dia 18, encontramos uma gruta ampla. O chão era de granito, e o fiel riacho corria sobre ele.

Depois de uma refeição, o professor resolveu colocar em ordem as anotações.

— Quero traçar um mapa da nossa viagem, uma espécie de secção vertical do globo. Anotei todos os ângulos para fazê-lo com precisão.

– Estamos viajando sob o Atlântico. Talvez baleias estejam acima da nossa cabeça.

– Fique tranquilo, Axel, o granito é seguro.

– Aqui deveríamos encontrar uma temperatura de mil e quinhentos graus.

– Sim, meu rapaz, "deveríamos". Você está vendo como uma teoria pode ser substituída por uma nova teoria?

No entanto, eu ainda não acreditava que o centro do globo não fosse de lava. Preferia supor que estávamos protegidos por paredes que não deixavam aumentar a temperatura.

Despertei a fúria do professor quando disse que demoraríamos dois mil dias para chegar ao centro do globo e perguntei como faríamos com a pressão atmosférica.

– Vamos encher nossos bolsos de pedras.

Ele tinha resposta para tudo, por mais absurda que me parecesse, e ainda poderia me dizer que Arne Saknussemm fez melhor do que nós no século XVI, sem nenhum dos nossos equipamentos.

Hans permanecia em total indiferença, calado. Acontece que nós éramos prisioneiros daquelas paredes, e o silêncio se tornava cada vez mais presente. Durante duas semanas seguimos assim, sem conversa.

No dia 7 de agosto, parei no meio do caminho e percebi que estava sozinho. Só havia uma trilha, sem bifurcações; não poderíamos ter tomado rumos diferentes. Voltei durante meia hora para procurá-los e nada. Então uma dúvida me ocorreu: eu estava atrás deles ou na frente? Não havia o que fazer, era só seguir.

Resolvi usar o riacho Hansbach como guia. Para minha surpresa, abaixei-me, e o granito estava seco.

Que desespero. Eu estava enterrado vivo!

## CAPÍTULO 10

# Perdido na profundeza

Eu estava perdido e não fazia a menor ideia de como retornar para junto dos meus companheiros.

Tentei elevar os meus pensamentos. Pensei em casa e, é claro, na minha amada Grauben. Lembrei-me da minha infância, da minha mãe... Meu tio devia estar apavorado me procurando.

Eu deveria subir e continuar subindo! Precisava reencontrar o Hansbach. Tentava reconhecer o caminho pelas formas do túnel. Não tinha saída. Eu estava aniquilado.

O terror se apoderou da minha mente. Minha lâmpada se amassara, e eu não tinha como consertá-la. Por fim, o último clarão e as sombras percorreram as pedras.

Soltei um grito terrível! Levantei os braços, corri fugindo sem saber aonde isso me levaria. Caí como uma massa inerte.

Quando voltei a mim, meu rosto estava molhado de lágrimas. Eu havia perdido muito sangue na queda e já sentia que estava prestes a desmaiar quando um barulho se prolongou como um trovão.

Minutos depois o silêncio reinava. Em seguida, eu escutava palavras vagas.

"Estou alucinando!", pensei.

No entanto, alguém falava. Eu escutava através da muralha o meu nome ecoando no espaço. Aproximei-me da parede.

– Meu tio Lidenbrock!

– Axel, onde você está?

– Perdido na escuridão.

– Precisamos saber qual é a distância que nos separa.

– Cronometre, meu tio, entre a sua voz e a minha.

Estávamos separados por segundos. A acústica orientava. Eu deveria descer na direção deles. Lembrei-me claramente das leis da física, então me levantei e corri. Foi quando o chão desapareceu, e eu caí.

Perdi a consciência e caí. Quando me recuperei, eu estava deitado sobre cobertores grossos.

– Ele está vivo! Ele está vivo! – exclamou meu tio.

Antes de descansarmos, meu tio me disse que eu tinha ficado perdido por quatro dias.

# CAPÍTULO 11

# Um raio de sol pela fenda

Meu tio cuidou dos meus ferimentos, e a febre cedeu. Devorei os alimentos que ele me dava e enchi-o de perguntas. Era espantoso eu ter sobrevivido, mas parecia que minha cabeça tinha algo de errado.

— Se não estamos na superfície, acho que estou com o cérebro afetado, porque vejo a luz do dia.

— Ah, mas é só isso? Você verá com seus próprios olhos. Agora descanse, amanhã embarcaremos.

Como aquilo era possível? Embarcar? Minha curiosidade estava no mais alto grau, e o professor não conseguiu me deter. Vesti-me e saí da gruta.

Meus olhos não estavam mais acostumados com a luz. Fiquei maravilhado ao ver o mar. Sim, o mar!

— O Mar Lidenbrock, meu caro sobrinho.

A costa era de areia fina e dourada, salpicada de conchas. As ondas se quebravam com o murmúrio particular dos ambientes fechados. A luz não era do sol; parecia ser uma espécie de energia elétrica. Acima de nossa cabeça havia um céu feito de nuvens e vapores.

A palavra "caverna" certamente não era capaz de descrever aquele lugar. Nenhum relato de viajante descrevia o que estávamos vendo.

Eu contemplava deslumbrado, como se estivesse em outro planeta.

–Vamos passear um pouco, Axel? – meu tio segurava o meu braço.

Reconheci o Hansbach desaguando no mar. A quinhentos passos, havia uma floresta densa feita de árvores em formato de guarda-sóis. Quando chegamos embaixo de sua sombra, percebi que eram cogumelos gigantes. Verifiquei o chão e os detritos seculares.

– Este aqui é o maxilar de um mastodonte – eu dizia para o meu tio.

Eu estava vendo esqueletos inteiros, porém não compreendia como eles poderiam ter ido parar ali.

– É provável que em algum momento tenha havido um deslizamento que carregou tudo para o fundo do abismo – disse o professor.

Será que existiam animais vivos por ali? O silêncio era de deserto.

Voltamos para a praia e descansamos. Hans cozinhou nossa refeição. Havia água e fogo à disposição. Tomamos café, e era delicioso degustar aquela bebida.

O professor aproveitava para estudar o fenômeno da maré, afinal ninguém sabia qual seria a influência da lua e do sol nas profundezas da Terra.

## CAPÍTULO 12

# Os planos do professor

Meu tio e eu conversávamos sobre o espetáculo que estávamos presenciando naquela profundidade. A ciência seria revolucionada com os novos conhecimentos. A meu ver, já tínhamos o suficiente para retornar à superfície, mas o professor queria navegar.

Hans construiu uma jangada com vigas de madeira fóssil. Lançada ao Mar Lidenbrock, a embarcação flutuou tranquilamente.

No dia 13 de agosto, a bordo com nossas bagagens, zarpamos do Porto Grauben; ficou muito bonito o nome dela em nosso mapa.

A brisa soprava do nordeste, e o vento nos levava com rapidez. Os dois braços da orla se abriam, e um mar imenso aparecia diante de nossos olhos. Logo perdemos a terra de vista.

Por volta do meio-dia, algas imensas vieram ondular na superfície das águas. O professor tinha me atribuído a tarefa de manter as anotações no Diário de Bordo. Eu registrava a temperatura, a velocidade e o horizonte.

Hans preparou um anzol com um pedaço de carne e lançou-o ao mar. Será que pescaríamos alguma coisa?

– Um peixe! – exclamou meu tio.

Examinamos o animal e notamos tratar-se de uma espécime extinta havia séculos. Além disso, ele era cego, ou melhor, desprovido dos órgãos da visão. Repetimos a operação içando outras vezes, e todos os peixes tinham essa mesma característica. A pesca renovou nosso estoque de alimento.

Examinei o mar ao longe com a luneta. Tudo estava deserto. Minha imaginação fervilhava hipóteses de paleontologia. Poderíamos encontrar tartarugas tão grandes como ilhas, grandes mamíferos, mastodontes, pterodáctilos... No meu pensamento, percorri os séculos e as transformações da vida no globo.

# CAPÍTULO 13

# As profundezas do mar

Percebi que o professor estava impaciente com aquele mar infinito. Meu tio fez a sondagem do fundo do mar amarrando uma picareta com uma corda e lançando o objeto. Quando a picareta voltou a bordo, Hans chamou a minha atenção. A parte de ferro tinha sido fortemente apertada por dentes.

Haveria um monstro naquelas águas, algo mais voraz que um tubarão, mais temível do que uma baleia. Estremeci de pavor ao me lembrar dos esqueletos de sáurios que eu tinha visto no Museu de Hamburgo. Meus olhos se fixavam no mar, com medo de que se levantasse das águas um desses habitantes das cavernas submarinas.

O professor Lidenbrock também parecia preocupado. Desistiu de sondar e lançou um olhar para as nossas armas, que pareciam intactas.

Movimentos na superfície das águas indicavam o perigo. Revezamos a vigília durante o período de descanso, até vir um solavanco.

– Um crocodilo monstruoso! Veja a mandíbula dele!

– Uma baleia!

Ficamos surpresos, apavorados. Era uma tropa de monstros marinhos. Hans quis fugir para o outro lado, mas tartarugas gigantes e serpentes se aproximavam da jangada.

Quando eu ia abrir fogo contra os monstros, Hans me impediu. Pareciam vários, mas, observados com a luneta, revelavam sua real natureza: eram o ictiossauro e o plesiossauro, dois répteis de oceanos primitivos!

O ictiossauro parecia uma baleia, com nadadeiras verticais e mandíbula imensa. O plesiossauro, uma serpente com patas, tinha o corpo revestido por uma carapaça, e seu pescoço erguia-se flexível como o de um cisne.

A luta feroz se estendeu por duas horas. Permanecíamos imóveis e atentos na jangada. Mas, de repente, ambos foram para as profundezas, e o plesiossauro retornou à superfície mortalmente ferido.

Felizmente, o vento nos ajudou a escapar daquela cena, e a viagem seguiu tranquila.

Logo parecia haver uma queda-d'água à nossa frente. Hans subiu no mastro e avistou um imenso jato de água. Poderia ser outra fera do mar?

Quando nos aproximamos, era inacreditável a visão de um cetáceo cujo comprimento ultrapassava dois mil metros. Eu estava tomado de pavor.

– *Home*! – apontou Han.

– Uma ilha! – exclamou o professor.

Eu não acreditava no que estava vendo; não era possível que eu tinha me apavorado com uma ilha em formato de cetáceo. Na ponta da ilha, o gêiser elevava a água.

Pulei sobre a rocha, e meu tio me seguiu com agilidade. Caminhamos sobre o granito, e o solo tremeu sob nossos pés. O termômetro na água do núcleo ardente indicava cento e sessenta e três graus!

Antes de partirmos, refiz cálculos para anotar no Diário. Estávamos atravessando mil e trezentos quilômetros do mar desde o Porto Grauben, ou seja, embaixo da Inglaterra.

# Capítulo 14

# O globo elétrico

No dia seguinte, o gêiser desapareceu, e o vento resfriou e nos afastou da Ilhota Axel. A atmosfera estava se cobrindo de vapores que carregavam consigo a eletricidade formada pela evaporação das águas salinas. As nuvens baixavam sensivelmente. Um cataclismo se aproximava.

O ar estava pesado, e o mar, calmo. As nuvens pareciam grandes bolas de algodão aglomeradas. Pouco a pouco, elas se fundiam e escureciam, formando uma única camada assustadora.

Meus cabelos estavam arrepiados com o fluido elétrico suspenso no ar. A impressão era a de que sofreríamos um choque violento.

O professor parecia não se importar com nada além do mar interminável. Seu humor estava massacrante. Minha sugestão de recolher o mastro para evitar atração de raios foi repudiada categoricamente pelo professor:

– Que os ventos nos apanhem, que a tempestade nos carregue, e que eu veja finalmente os rochedos, alguma margem!

Com as palavras dele veio a chuva. A jangada ficou chicoteando na natureza enfurecida. O mar em ebulição e a eletricidade no estrondo de trovões, inúmeros relâmpagos, ondas que pareciam montes com fogo por dentro.

Para onde estávamos indo? Nossa jangada corria em direção sudeste, e parecia que a nossa viagem jamais terminaria. Fazia três dias que estávamos naquela situação, sem trocar nenhuma palavra.

Meu tio se aproximou de mim e gesticulou algo. Acho que ele disse "estamos perdidos". Quando eu me movimentei para recolher a nossa vela, um disco de fogo partiu o mastro e a vela de uma só vez e lançou tudo ao ar.

Ficamos congelados de espanto. Um globo elétrico nos circundava, e todos os instrumentos, as ferramentas, as armas, até os pregos dos sapatos se agitavam na direção dele.

O globo explodiu, e tive tempo de ver meu tio estendido na jangada, e Hans, no leme. Os relâmpagos estavam feito serpentes livres na atmosfera.

# CAPÍTULO 15

# O fim do Diário de Bordo

Foi nesse momento que eu deixei de fazer o Diário de Bordo. A navegação na nossa embarcação tinha terminado. A jangada se chocou contra a costa, e escapamos da morte por causa da coragem de Hans.

Precisei de horas para me recompor. A chuva continuava caindo. Algumas rochas sobrepostas nos serviam de abrigo.

No dia seguinte, o céu estava magnífico, e as palavras otimistas do professor me acordaram:

— E então, meu garoto, você dormiu bem?

Será que nos encontrávamos em casa e o meu casamento com Grauben seria realizado no dia seguinte? Infelizmente, não.

— O senhor me parece muito feliz, meu tio.

— Sim, chegamos ao final do mar que não acabava nunca!

— Permita-me fazer uma pergunta, meu tio: e a volta?

— Volta? Você está pensando em volta quando ainda nem chegamos, Axel!

– Só quero saber o que vai nos acontecer.

– Fácil: quando chegarmos ao centro, ou encontraremos uma nova rota para voltar à superfície ou voltaremos pelo mesmo caminho.

Aquela conversa me fazia torcer para que ao menos a nossa jangada pudesse ser recuperada.

Quando cheguei à margem, vi Hans no meio de um amontoado de objetos. Esse homem era sobre-humano! O manômetro estava intacto; a bússola e o termômetro, também. Procuramos as caixas de alimentos na praia, e lá estavam: provisões para pelo menos mais quatro meses.

– Temos o suficiente para ir e voltar, e, com o que sobrar, faremos um jantar para amigos!

Eu deveria estar acostumado com o temperamento do meu tio. Ele estava convencido de que nossa viagem reservava uma surpreendente saída, um retorno para a superfície por um caminho diferente daquele pelo qual havíamos descido.

Almoçamos uma das melhores refeições da minha vida. A necessidade, a calma depois das agitações, o ar fresco, tudo isso me abria o apetite.

Durante o almoço, mostrei meus cálculos para o meu tio, e, se eu estivesse certo, o Mediterrâneo estaria acima de nossa cabeça.

– Belo trajeto, meu garoto! Mas isso só poderemos afirmar se a nossa direção não tiver sido desviada. Vamos consultar a nossa bússola.

Meu tio apanhou a bússola e a observou. Esfregou o aparelho, observou-o novamente. Com um gesto, ele me pediu para examinar o instrumento. Não tínhamos mais do que duvidar: o ponteiro mostrava que o vento havia nos conduzido margens para trás do percurso, e isso deixou o professor novamente cheio de raiva.

# CAPÍTULO 16

# Desafiadora natureza

Naquele momento, Otto Lidenbrock parecia desafiar os deuses. Era o homem contra a natureza. Achei que convinha intervir no seu impulso insensato.

— Escute-me, aqui embaixo existe limite para qualquer tipo de ambição. Não podemos lutar contra o impossível. Passar por tempestades pela segunda vez seria uma loucura!

A resposta dele se deu com poucas palavras:

— Para a jangada!

A atmosfera estava limpa, e o vento noroeste se mantinha constante. Eu não podia fazer nada sozinho; restava apenas obedecer e tomar o meu lugar na embarcação.

Mas, antes de navegar, eu e meu tio resolvemos explorar o lugar. Os nossos pés esmagavam inúmeras conchas de todos os formatos e tamanhos, carapaças com mais de quatro metros, esqueletos de animais primitivos. Fui obrigado a concluir que antigamente o mar ocupava aquele espaço.

Avançamos por um quilômetro e meio, e o solo foi se modificando. Fendas de granito, quartzo e uma planície de ossadas surgiu à nossa frente. Nossos pés esmagavam em instantes os ossos que os museus disputariam.

Atônito, o professor apanhou no chão um crânio e disse com a voz trêmula:

— Uma cabeça humana, Axel!

Passos à frente, o professor encontrou um corpo humano absolutamente reconhecível. O cadáver estava preservado: cabeleira abundante, unhas das mãos e dos pés enormes.

Meu tio parecia estar diante de seus alunos, manipulando o cadáver, percorrendo todo o histórico de descobrimentos da presença humana ao longo dos séculos, exibindo a prova da existência humana na época quaternária.

— Sim, aqui está um homem fóssil e contemporâneo aos mastodontes!

O professor se calou, e eu aplaudi sua aula.

Aquele não era o único corpo preservado. Estávamos em um cemitério, e a uma questão não ousávamos responder: será que existiam homens vivos naquele lugar?

# CAPÍTULO 17

# Os tesouros da ciência

Q ue outras maravilhas nos esperavam? Quantas descobertas científicas ainda estavam por vir? Minha imaginação esperava por deslumbramento.

A costa do mar havia desparecido por detrás das colinas do ossuário. Seguíamos banhados por uma luz de ondas elétricas: parecia pleno meio-dia.

Todo o vapor havia desaparecido, e víamos montanhas longínquas e florestas confusas.

Depois de uma caminhada, estávamos em vegetação magnífica de palmeiras, ciprestes, pinhos e um tapete de musgo. As folhas não eram verdes, provavelmente pela falta do sol: tudo assumia um tom acastanhado.

Meu tio se embrenhou na floresta, e eu o segui, temeroso. As várias espécies botânicas cresciam misturadas: eram árvores de regiões diferentes, umas da Noruega, outras, da Austrália.

Uma luz permitiu que eu visse algo se agitando entre as árvores. Detive meu tio, com a mão, e observamos ali perto uma manada de mastodontes vivos!

Estávamos em um sonho pré-histórico nas entranhas do globo.

O inacreditável foi ainda maior quando meu tio apontou para alguém parecido conosco. Um ser humano apoiado no tronco de um kauri enorme vigiava a manada. Era um gigante com a cabeça grande como a de um búfalo. Tínhamos de fugir daquele lugar.

Fugíamos assustados em direção ao Mar Lidenbrock, e a cada passo dúvidas me alcançavam. Eu pensava estarmos de volta ao Porto Grauben, vendo o nosso riacho Hansbach e a gruta onde eu tinha voltado à vida.

Compartilhei meus pensamentos com meu tio, e procuramos por nossas pegadas. Encontramos um punhal de aço na areia que não pertencia a nenhum de nós. Hans também não portava aquele objeto, eu estava certo disso. O professor o examinou e concluiu que o punhal estava ali por séculos, uma arma medieval.

Procurando vestígios sobre a presença do dono da arma, encontramos uma placa de granito na entrada de uma galeria com letras misteriosas e corroídas: Arne Saknussemm!

Fiquei me sentindo um estúpido, afinal eu tinha duvidado da possibilidade de o sábio alquimista ter realizado aquela viagem.

– Maravilhoso gênio – exclamava meu tio –, ele não se esqueceu de abrir os nossos olhos mortais e deixar por aqui suas pegadas. A partir de agora, este será o Cabo Saknussemm.

Esqueci o medo e já estava me precipitando ao entrar na galeria. O professor aconselhou primeiro voltarmos ao encontro de Hans.

Regressamos até nossa embarcação e contornamos a costa. Três horas depois, desembarcamos em terra firme, em frente à galeria. Descemos até a parte na qual o caminho estava bloqueado por uma imensa pedra.

– E agora, Saknussemm? – perguntei.

– Pois bem, vamos explodir essa muralha! – respondeu meu tio.

Depois de trabalharmos com picareta e prepararmos a pólvora, tudo estava pronto. Bastava uma faísca para seguirmos em direção aos fenômenos da Terra.

## CAPÍTULO 18

# Os fenômenos da Terra

O rastilho demoraria dez minutos até chegar à rocha. Estávamos protegidos dos riscos da explosão. Emocionado, preparei-me para colocar fogo.

O que aconteceu depois? Não ouvimos o barulho da explosão. Tudo se transformou em trevas, e nós navegávamos pelo caminho de Saknussemm arrastando o mar inteiro conosco por causa de nossa imprudência.

Descíamos a uma velocidade incrível. Hans tinha conseguido acender uma lamparina, e víamos a larga galeria.

A jangada seguia rodopiando com os redemoinhos. Estávamos sobre as tábuas a uma velocidade de mais ou menos cento e cinquenta quilômetros por hora.

Nossos instrumentos tinham sumido com a explosão; restavam-nos a bússola e o cronômetro. A luz diminuiu, e voltamos à escuridão total.

A velocidade redobrou. Caímos no abismo até sentir o choque brusco contra um corpo duro. Sobre nós havia uma imensa coluna líquida. Ainda estávamos sobre a jangada e começávamos a subir.

Era isso mesmo. Estávamos em um poço, e a água completava o fundo com extrema velocidade e nos fazia subir. Precisávamos estar prontos para qualquer coisa, inclusive para sermos esmagados contra uma parede de granito.

Meu tio aconselhava que comêssemos; afinal, se a qualquer momento podíamos morrer, também era possível sermos salvos. O calor aumentava. Eu pensava que, se não fôssemos afogados ou esmagados, ainda poderíamos ser queimados. Seguimos o conselho inicial do professor e devoramos a última refeição!

Hans mantinha a calma e a resignação. Meus pensamentos eram compostos de lembranças, Grauben... Meu tio continuava examinando os detalhes. Eu escutava suas observações:

– Granito eruptivo... Estamos subindo... gnaisses, micaxistos... Logo veremos os terrenos da época da transição.

O calor era fervente; a água estava fervendo e nos empurrando para cima com velocidade impressionante. Observei a bússola enlouquecida! A agulha saltava de um ponto a outro e girava, tomada pela vertigem. A crosta mineral ameaçava romper, e nós seríamos esmagados.

Avisei meu tio sobre o possível terremoto, mas ele me corrigiu.

– É uma erupção, Axel. A melhor coisa que poderia nos acontecer. Vamos voltar à superfície!

Eu estava perdido nos meus pensamentos, imaginando em qual lugar do mundo iríamos parar. Será que tínhamos voltado à Islândia? Víamos os reflexos das línguas de chama crepitando nas paredes. Sob a jangada, uma espécie de massa de lava nos empurrava.

Se não fosse a rapidez da subida, teríamos sufocado. Por volta das oito da manhã, o movimento parou. O professor consultava o cronômetro.

– Dez minutos, Axel; estamos respirando com o vulcão.

Pouco a pouco, a minha cabeça se perdeu com as variadas sacudidas. Eu sentia que a qualquer momento tudo iria pelos ares.

# CAPÍTULO 19

# O mistério da bússola

Quando reabri os olhos, percebi que estávamos nas encostas de uma montanha. Hans respondeu ao meu tio que aquele lugar não era na Islândia. Aquilo não era possível: pelos meus cálculos e previsões, o islandês estava errado; eu não queria dar o braço a torcer.

Acima de nossa cabeça, o vulcão continuava em detonação de quinze em quinze minutos.

Na base da montanha, eu reconhecia oliveiras, figueiras e vinhedos carregados de cachos de uvas vermelhas. No horizonte, o mar nos mostrava que estávamos numa ilha cercada de várias outras.

A bússola parecia ter mentido: ela seguia apontando sempre o norte, e aquele não era o Polo Norte.

No meio do caminho, saciamos nossa fome com frutas saborosas e bebemos água em uma nascente. Enquanto descansávamos, uma criança se aproximou de nós.

– Como é o nome desta montanha, amiguinho? – perguntou o professor.

Parecia que o rapazinho não entendia alemão.

– *Dove noi stamo? Come si noma questa isola?* – continuou em italiano.

– Stromboli.

Nós não havíamos pensado nele. Estávamos em pleno Mediterrâneo, no meio das Ilhas Eólias, de memória mitológica. Que viagem maravilhosa!

A bússola tinha apontado o ponto norte, e aquilo ainda não tinha explicação.

Os pescadores nos ofereceram roupas e alimentos com a atenção que é oferecida aos náufragos, e seguimos viagem.

Não posso descrever a emoção ao rever a amada Grauben. O retorno do professor Lidenbrock causava sensação em Hamburgo graças à indiscrição de Martha, que contara a todos sobre a nossa viagem ao centro da Terra. A presença de Hans e várias notícias vindas da Islândia confirmavam a aventura.

Hamburgo deu uma festa em nossa homenagem. Na universidade, meu tio relatou os fatos da viagem, omitindo apenas

a confusão da bússola. Também lamentou não poder chegar ao centro, seguindo os passos de Saknussemm, e sua humildade aumentou ainda mais sua reputação.

As discussões científicas sobre o fogo central seguiram dividindo opiniões. Quanto a mim, confesso que sempre acreditei no calor central, mas confesso que certas circunstâncias ainda mal definidas podem modificar essa teoria.

Apesar das insistências, Hans foi embora para a Islândia, aonde chegou feliz. Estaríamos para sempre ligados.

Preciso dizer que nossa viagem ao centro da Terra causou emoção no mundo todo; foi impressa e traduzida em diversas línguas.

O aborrecimento com a bússola eu resolvi dias depois, descobrindo que seus polos tinham sido invertidos, provavelmente com aquela bola de fogo que imantou a nossa jangada no Mar Lidenbrock.

A partir disso, meu tio se tornou o mais feliz dos sábios, e eu, o mais feliz dos homens, casado com Grauben, que agora morava conosco na qualidade de sobrinha do professor.

# MINIBIOGRAFIA

**Penélope Martins** é escritora e narradora de histórias, formada em Direito, tal qual Júlio Verne. Tem diversos livros publicados para crianças, jovens e adultos, entre eles *Canção de ninar Mamãe e Papai* e *Balada do ogro solitário*, ambos da Editora Ciranda Cultural, e a adaptação de *A volta ao mundo em oitenta dias*, pelo selo Principis.